SOPA DE LIBROS

Coordinación editorial e maquetación: Helena Pérez

Doutor Marañón, 12. 36211 Vigo

http://www.xerais.gal
http://blog.xerais.es
xerais@xerais.es

Primeira edición, maio 2015

Deseño: Manuel Estrada

ISBN: 978-84-9914-848-9
Depósito legal: VG 146-2015

de Toro, Xelís
O trompetista e a Lúa / Xelís de Toro; ilustracións de María Lires — Vigo: Edicións Xerais, 2015
72 p.; il. col.; 20 cm — (Sopa de Libros, 54)
ISBN 978-84-9914-848-9
1. Música. 2. Soños. 3. Viaxar. 4. Amizade
I. Lires, María, il.

O trompetista e a Lúa

SOPA DE LIBROS

Xelís de Toro

O trompetista e a Lúa

Ilustracións de María Lires

XERAIS

A Jamie

«En Santiago de Composchuvia houbo unha vez un xeadeiro que...»

A cidade enteira estaba patas arriba. Ou tamén se podería dicir que a cidade enteira andaba moi cargada de bombo.

Axiña se ía formar unha nova banda municipal, e o Concello convocara un concurso público para cubrir as prazas. Todos os músicos e aspirantes a músicos andaban atarefados dun lado para outro con partituras e instrumentos.

Ao que máis e ao que menos espertára-lle o espírito musical: desde o xastre, que sempre soñara con tocar o violín, ata o carniceiro, que prefería os pratos. Tamén había unha modista que quería ser pia-nista, un carteiro que daba os seus primeiros pasos coa frauta e, vaia, o electricista, que se esmeraba co saxofón. Era difícil ir mercar un bolo de pan sen que se escoitase no forno da panadería un óboe atuído con fariña, unha frauta ou un violoncello. Se ías mercar froita, oíase outra melodía, e entre as caixas de mazás asomaba un clarinete desafinado.

O cambio climatolóxico foi inmediato. O dito «vai chover», que se emprega cando unha persoa canta mal, resultou tamén acertado para cando alguén non sabe tocar un instrumento. E, en pleno mes de xuño, chovía a chuzos. Así e todo, os músicos improvisados, «coma quen oe chover», nunca mellor dito, e dicían que eran cousas do tempo, que andaba revolto, pero que non tiña nada que ver coa súa arte.

Non contentos coa súa práctica caseira, os músicos armábanse cos seus instrumentos, collían o atril coas partituras e un tallo e saían ás rúas para deleitar os paseantes.

O resto dos habitantes, aos que non lles entrara a febre musical, estaban resignados a seguir así ata o día das probas, que o futuro director da banda fixara para o martes, trece de xullo. Era unha imaxe un pouco desconsoladora ver, en pleno verán, a xente toda con paraugas e gabardinas. Se algo os animaba, era saber que despois do trece de xullo todo acabaría, e poderían gozar do resto do verán.

Para honrar o dito «a río revolto ganancia de pescadores», houbo quen fixo fortuna con este musical evento. Don Nicofasio, mestre boticario, comezou a vender tantos tapóns para os oídos que rematou poñendo o posto na rúa.

Un asiduo paseante era don Máximo Ritmo, o futuro director da flamante banda. Andaba de aquí para alá para saber o nivel dos candidatos a músicos. Non por iso deixou de mercar uns tapóns para as orellas, que só sacaba moi de cando en cando.

A pesar disto, pouquiño a pouco, semellaba que todo ía volvendo ao rego. Moitos aspirantes a músicos foron abandonando o seu ímpeto primeiro. Algúns deixáronse vencer polas burlas dos seus veciños, os enfados dos ventos, das nubes e mesmo dos astros, que conspiraran para facer caer o que máis dun xa chamaba o «diluvio musical». Outros, porque os seus ruídos (perdón, músicas) espantaban os clientes. Uns cantos, porque desatenderan os seus negocios; e xa que botamos man dos refráns: o que teña tenda que a atenda, ou se non que a venda. E outros tantos, porque non eran quen de facer a escala de do maior.

Os habitantes comezaron a respirar aliviados cando viron que os fontaneiros volvían facerse cargo das billas; os electricistas, dos enchufes; os boticarios, das medicinas; os gardas de tráfico, dos coches; os médicos, dos catarros..., e a vida volvía ser coma antes, sen estraños chíos que entrasen polas orellas.

Pouco a pouco empezaron a verse os raios do Sol e as nubes marcharon para onde están gardadas esperando polo inverno. Os paraugas volveron aos paraugueiros, e a xente puido lucir as cores do verán.

Parecía que todo volvía á normalidade, ou mellor dito, case todo.

De todos os aspirantes a membros da banda había un que non estaba disposto a renunciar ao seu soño. E o seu instrumento era nada máis e nada menos ca a trompeta. Evaristo, o xeadeiro, seguía a porfiar, e sopraba con máis ansia aínda. Cando ía chegando a noitiña, gardaba o seu carro dos xeados e, armado de trompeta, comezaba a súa práctica diaria, ou que diga, nocturna.

Non tiña un lugar fixo de ensaio, porque, cando ensaiaba unha noite nunha praza, os veciños esperábano ao día seguinte con paus para darlle a benvida. Xa que logo, tiña que cambiar de praza cada noite.

Polo día, Evaristo quedaba durmido no seu carriño, coa gorra calada ata os ollos por mor de non ver a luz e recuperar forzas para a sesión nocturna.

O caso de Evaristo era moi comentado entre a xente. Os veciños, fartos de esperalo nas rúas para evitar que tocase preto das súas casas e de tirarlle baldes de auga desde os balcóns (e de facerlle unha chea de falcatruadas), decidiron unirse contra o xeadeiro metido a trompetista. Un día si e outro tamén, Evaristo pedaleaba no seu carriño-bicicleta cara ao almacén, e detrás del ían os veciños con cara de poucos amigos. Despois de que gardaba o carriño, seguíano ata as afo-

ras da cidade. E só cando o vían marchar polo medio do monte, os veciños regresaban ás súas casas seguros de que esa noite poderían conciliar o sono.

O Evaristo miraba para eles e dicíalles moi indignado:

—Todos os grandes artistas foron incomprendidos pola xente do seu tempo!

E coa súa trompeta debaixo do brazo, marchaba facendo espaventos entre toxos e silvas, cara ao alto do monte Pelouroso. Desde alí dedicaba uns momentos a contemplar a cidade que non o apreciaba. Despois desenfundaba a trompeta, facía os exercicios de quecemento e comezaba a serenata.

O que non sospeitaba o pobre do Evaristo é que alí tamén ía atopar incomprensión para a súa vocación musical. Ao estar tocando desde o cumio do monte, os seus sons chegaban tamén máis arriba. E alí enriba, ao caer da noitiña, tamén hai quen quere botar unha soneca.

Era o caso da Lúa, que, ao escoitar tales asubíos, pensou que se achegaba un tifón, e deu a volta para durmir do outro lado. Pero o ruído continuaba. Pensou en todos os fenómenos meteorolóxicos: un furacán, un remuíño, os tronos dunha tormenta de verán... A Lúa miraba para todos os lados, mais non vía nada. Cansa de esculcar de onde proviñan aqueles estraños ruídos, acabou por mirar cara abaixo.

E alí, no penedo máis alto do monte Pelouroso, viu dúas fazulas coloradiñas e inchadas e, no medio e medio, un tubiño metálico do que saía aquel ruído atronador.

—Con este rebumbio non hai quen durma. E se eu non durmo, as mareas vanse desgobernar.

Vou ter que facer algo –pensou a Lúa, e decidiu berrarlle ao trompetista:

—E calarás, meu?

E o Evaristo, sorprendido ao escoitar un son que el non producira, quitou a trompeta da boca.

A Lúa repetiu:

—E calarás, galopín?

Evaristo, enfadado, respondeu:

—Non.

E para demostrarlle á Lúa con quen estaba a tratar, colleu a trompeta e volveu á carga.

Ao día seguinte, os rapaces, coma sempre, tiñan que berrarlle a Evaristo para que espertase e lles despachase os xeados.

—Dixeches un de vainilla e dous de nata?

—Non, un de amorodo e un de limón!

—Xa vai, xa vai, non hai que enfadarse. Un despiste teno calquera.

Cando chegou a hora de recoller, unha vez máis os habitantes da cidade fórono seguindo para asegurárense de que se afastaba o suficiente co seu artefacto dourado.

E o Evaristo emprendeu de novo o seu camiño cara ao alto, mentres os coellos, as raposas, as serpes e toda caste de animal nocturno ou diúrno escapaban ao seu paso. Colléranlle tanto medo que ata os vagalumes apagaban a luz.

A Lúa viuno chegar e, disposta a non pasar outra noite en branco, espetoulle:

—Vas comezar outra vez?

—Teño que practicar, e ninguén mo vai impedir.

A Lúa, que prefería arranxar as cousas polas boas, díxolle:

—Pero non ves que, se non me deixas durmir, non vou poder gobernar as mareas e os peixes vanse despistar? Eu teño que facer o meu traballo.

—Eu tamén teño que facer o meu, que é vender xeados. Por iso, véxome na obriga de practicar pola noite.

A Lúa non quería ofender o orgulloso xeadeiro e andaba á procura dunha maneira de referirse ao ruído que saía da trompeta sen anoxalo:

—Non te decatas de que o son da trompeta é moi alto e non me deixa durmir? Non é que sexa desagradable... O que pasa é que tocas moi alto.

Evaristo sentouse nun pelouro, coa trompeta entre as mans. Por primeira vez sentiuse un pouco derrotado:

—Non me estás dicindo a verdade. A ti tampouco che gusta a miña música.

—Digamos que é un pouco atrevida. Desde logo non é o que eu estou acostumada a escoitar.

—Se cadra tendes razón e son eu o que está enganado. Se cadra nunca serei quen de tocar esta trompeta.

Á boa da Lúa, vendo a Evaristo entristecido e derrotado, deulle pena o malpocado do xeadeiro e suxeriulle:

—Por que non levas a trompeta a un especialista, non vaia ser que teña algunha falla? Ao mellor non soa ben por culpa dun problema do instrumento.

A Evaristo debuxóuselle un sorriso na cara. Gardou a trompeta e, por primeira vez desde que comezara a súa carreira musical, foi durmir feliz. Descansou ben.

Se cadra un pouco de máis, pero merecía aquela propina.

Ergueuse correndo coa trompeta nunha man e montou no seu carriño. De camiño á entrada do paseo, que era onde se apostaba polo día, parou na tenda de Missie Rux, o *luthier*, que é o arranxador de instrumentos musicais.

—Fágalle unha revisión completa e volverei por ela máis tarde.

Ese día Evaristo non tiña o gorro calado ata os ollos:

—Dous de crema e un de chocolate?

—Exactamente.

O día pasoulle amodiño. Cando caeu a tarde, Evaristo foi correndo gardar o carro e deseguida foi visitar a Missie Rux.

—Esta trompeta non ten mal ningún. Está en perfecto estado. Se acaso, semella un pouco cansa, coma se sufrise moito. Mais un profesional sacaríalle un son perfecto.

Evaristo camiñou rúa abaixo. Os veciños mirábano con curiosidade. Xa non o seguían, convencidos de que marcharía ao monte Pelouroso polo seu propio pé, pero así e todo continuaban á espreita e asexaban os seus movementos tras as ventás.

Evaristo andaba paseniño, co seu instrumento debaixo do brazo, pensando en darse por vencido. Sen decatarse, foi facendo o seu camiño cara ao monte Pelouroso. Ía triste e ollando para as pedras, ata que chegou ao penedo máis alto e sentouse alí a mirar para a súa trompeta.

A Lúa viuno e foille falar.

—Algunha nova?

—A trompeta está en perfecto estado. A culpa é miña, que non dou unha nota no seu sitio. Será mellor que o deixe.

A Lúa respirou aliviada.

—Mañá mesmo levareille a trompeta a Missie Rux e cambiareina por un trombón.

A Lúa ollou alporizada a Evaristo. Nunca batera cun xeadeiro tan testán e, vendo que o seu suplicio non tería fin, dixo:

—Pois morra o conto.

E a Lúa lueira, que estaba no couce, baixou e agarrou a Evaristo co seu gancho pola cueira do pantalón e díxolle:

—Vouche explicar ben explicado o que é a música. De ti dependerá que saibas aproveitar esta oportunidade.

Antes de que Evaristo puidese protestar, xa ía polo medio das nubes, vendo montañas, ríos e casas embaixo, e todo cada vez máis pequeniño.

—Onde me levas?

—Ao lugar onde se fan os músicos –respondeu a Lúa–. Escoitas algo? –inquiriu.

—Non. Co medo que teño aquí arriba non dou escoitado nada –contestou o xeadeiro, agarrando a gorra cunha man e a trompeta coa outra.

E así, enganchado pola cueira, Evaristo voaba polo medio do espazo. Tiña o corazón encollido, pero non soltaba a trompeta, non fose o demo que lle caese na cabeza a unha vaca perdida. Evaristo vía embaixo un mundo cada vez máis pequeno: rañaceos coma agullas, lagos que semellaban pozas e montañas coma grans de millo. Axiña comezou a sentir unha friaxe que se lle metía nos ósos.

—Lúa lueira, vai moito frío.

—Pois xa verás dentro de pouco, vaste conxelar.

E baixando ao pobre de Evaristo, a Lúa pousouno nunha chaira nevada. Ao longo víanse uns chorros de auga saíndo do medio da neve.

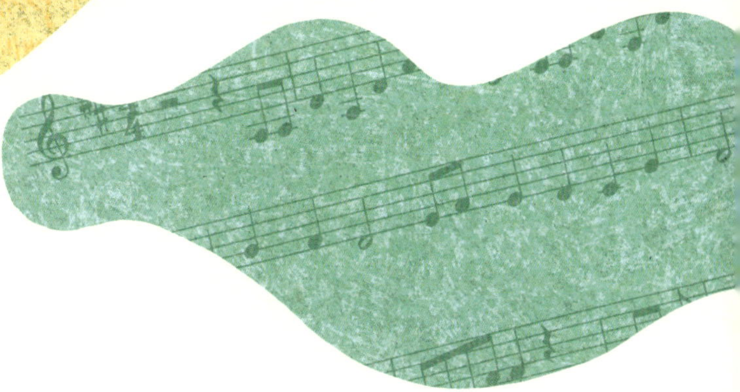

—Vai facer o teu labor, que axiña temos que volver.

E o Evaristo foi enterrando os pés na neve mentres camiñaba cara aos géyseres. A camiñada facíase lenta pero a el non lle importaba, porque era un espectáculo marabilloso ver saír aqueles chorros cara ao ceo. Cando levaba un anaco andando cara a un géyser, este paraba, e aparecía un novo noutro sitio. Semellaban nubes de abellóns que se facían máis e máis estrondosos. Xurdían en sitios diferentes, e despois caían na neve coma se os pés dun xigante batuxasen nunha enorme poza.

Ás veces, os géyseres estaban moi lonxe e facían un ruído moi grave, coma un trono rouco, e outras veces aparecían preto del e abrían a neve coma estalos nas festas.

Evaristo ía dun lado a outro sen dar creto a esa marabillosa superficie nevada e escoitando o ruído dos géyseres: primeiro, un son grave nun sitio; logo, outro máis agudo noutro; e, despois, varios a un tempo. Sons longos e breves, coma se estivesen tocando para el; ademais, o espectáculo era fermosísimo porque os chorros de cores subían e baixaban coma as teclas dunha trompeta.

Era unha sinfonía que invitaba a relaxarse. E así, a pesar do frío, o xeadeiro trompetista sentou e, pouco a pouco, foi adormecendo con aqueles sons bailándolle na mente.

Cando a Lúa o viu toqueando, recolleuno co seu gancho e levou o pobre de Evaristo durmindo a través do espazo. Aínda lle quedaban moitos quilómetros para volver á súa cidade, a ao día seguinte había moitos xeados que vender.

—Un de vainilla e tres de nata?

—Non, non, un de chocolate e un de amorodo!

—Xa vai, xa vai.

Evaristo pasara todo o día confundindo os xeados, coma sempre, mais desta vez tiña un pase. Non só durmira pouco, senón que tiña na cabeza os marabillosos sons que escoitara a noite pasada en Islandia. Porque é alí onde están os géyseres, non si?

Cando rematou o choio, levou o carriño a gardar, e foi ata a súa casa para coller roupa de abrigo. Non quería volver pasar tanto frío como a noite anterior.

E volveu onda a Lúa, que o estaba esperando para emprender outra viaxe.

—Estás preparado?

—Estou. Onde imos hoxe?

—Á fervenza do Anxo, en Venezuela. A máis grande do mundo.

E dicindo isto, a Lúa baixou co seu gancho de lúa crecente e levouno outra vez polo medio do ceo. Pasaban estrelas e mesmo tiñan que canear algún que outro meteorito.

Mentres ían polo espazo, a Lúa preguntoulle outra vez a Evaristo:

—Escoitas algo?

—Aínda teño medo de andar tan alto e non podo pensar en escoitar nada.

Foron aproximándose á selva venezolana, onde estaba a fervenza do Anxo.

—Téñote que deixar no alto dunha árbore; esta selva é tan mesta que non podo baixarte máis.

—Vale, pero non vaias moi lonxe.

O xeadeiro quedou agarrado ao tronco dunha árbore coma se fose un chimpancé con gorra. Ao lonxe víase a fervenza caer, pero era tan alta que non se apreciaba o fondo. Era coma un balbordo continuo, coma se de súpeto todas as billas da cidade se abrisen e a auga saíse polas fiestras de todas as casas, e as riadas fosen parar á praza principal.

Evaristo estaba agarrado con forza ao tronco cando se achegou a el un verdadeiro chimpancé. Así que se viron, o chimpancé, moi educado, tendeulle a man. Evaristo, por medo a caer, non se atreveu a darlla, cousa que non lle chistou ao chimpancé. Pareceulle que o intruso non tiña moi boas maneiras e, vendo que non se atrevía a soltar as mans, achegouse máis e quitoulle a gorra. Deseguido escapou entre as árbores sen facer caso dos berros do Evaristo, que ata o ameazou con tocar a trompeta.

Co barullo que armaron, centos de paxaros, ocultos entre as árbores, comezaron a voar seguindo o chimpancé. Entre o estrondo da auga caendo na fervenza, escoitáronse, primeiro un, despois dous, e logo tres, tantos paxaros movendo as

ás e cantando no seu voo que Evaristo non podía máis que quedar abraiado. Despois, os paxaros xa ían lonxe e volvía o estrondo da fervenza, coma un ruxir constante. Pouco a pouco os paxaros ían volvendo amodiño, un a un. Habíaos de moitísimas cores e eran descoñecidos para el. E con eles traían outra volta os seus cantos, que furaban de melodías o son da auga ao caer. Entre a calor que ía na selva e as roupas de abrigo que trouxera, o pobre Evaristo non estaba moi cómodo no alto daquela árbore. Así e todo, as marabillas que tiña diante facíano acougar.

O chimpancé, co gorro de xeadeiro na cabeza, apareceu outra vez entre a ramallada e, achegándose tímido, coa intención de desculparse pola súa trasnada, foi onda Evaristo. Púxolle a gorra na cabeza. Pero como non estaba afeito ás gorras, e non sabía nin para que valían, caloulla ata os ollos de xeito que Evaristo non podía ver nada.

E como Evaristo tampouco se atrevía a mover os brazos, quedou así, sen poder ver, pero escoitando aquela marabillosa sinfonía da selva.

Pouco a pouco, como na noite anterior, Evaristo foi adormecendo e a Lúa lueira colleuno e levouno de volta.

Así foron pasando os días e as noites. Polo día, os pobres rapaces acababan resignándose a comer os xeados de sabores que non pedían. Algún, listo de máis, xa lle pedía a Evaristo dun sabor que non quería, esperando que o xeadeiro trompetista se equivocase e lle dese o que realmente quería.

E polas noites, a Lúa levaba o trompetista en viaxes espaciais a percorrer o mundo enteiro e as súas marabillas.

Visitaron os cumes máis altos do Himalaia. Alí Evaristo escoitou zoar os ventos fríos e fixo amizade cuns monxes budistas que lle ensinaron o silandeiro son do silencio.

Estiveron en Terranova e alí escoitou o batuxar dos peixes voadores contra as ondas xigantescas. E tamén, si señor, viu as sombras dos bacallaus. Foi aló onde un mariñeiro galego lle deu unha carta

para que a levase a terra. Nela dicíalle á súa muller que non se esquecese de regar os tomates ata que el volvese.

Pasaron, nun chiscar de ollo, polas tormentas do cabo de Hornos e viu barcos perdidos e algún que outro náufrago. Ata foron ao Sáhara escoitar os remuíños do deserto ante a mirada abraiada dos camelos.

E todas as noites, cando ían de camiño, a Lúa sempre lle facía a mesma pregunta:

—Escoitas algo?

Mais sempre obtiña a mesma resposta:

—Co medo que teño aquí enriba non escoito nada.

O día da proba achegábase e Evaristo pasaba tantas horas ensimesmado nos sons marabillosos que non tiña tempo de practicar coa súa trompeta.

A Lúa tamén ía medrando e pouco a pouco o gancho polo que agarraba a cueira do pantalón de Evaristo ía desaparecendo. Chegaría un momento en que sería perigoso viaxar. Isto preocupáballe á Lúa, que lle collera cariño ao xeadeiro trompetista. Sabía que non podería seguir levando a Evaristo de viaxe todas as noites. Ademais, ela tiña que volver ao seu traballo de gobernar as mareas.

A noite do día once era a última noite en que poderían viaxar. A Lúa xa case estaba mediada. Esa noite a Lúa íao levar a África a escoitar os berros dos animais do lago Tanganika.

Cando volveron, tiñan un aquel de tristura. A Lúa e o trompetista sabían que remataran as súas aventuras nocturnas e que a proba sería o día trece.

Por derradeira vez, a Lúa preguntoulle:

—¿Escoitas algo?

E desta volta Evaristo respondeu:

—O latexo do meu corazón.

A Lúa debuxou un sorriso enorme na súa cara lueira e chiscoulles un ollo ás estrelas que deixaban ao seu paso. Non dixo nada, mais estaba contenta porque por fin escoitara a resposta pola que levaba tantas noites agardando.

Cando o pousou no alto do monte Pelouroso, díxolle:

—Agora xa sabes de onde vén a música. Todo depende de ti. Mañá, en vez de ir de viaxe, tes que durmir para estar ben descansado o día da proba. E pase o que pase, prométeme que cando esteas preparado has vir tocarme unha serenata.

Evaristo, agarrado á súa trompeta, marchou silandeiro para a súa casa, cando os raios do Sol xa comezaban a saír tras as montañas.

A noite seguinte, en vez da súa cita nocturna coa Lúa e da súa viaxe interestelar, Evaristo preparou o seu mellor traxe de xeadeiro, pasoulle o ferro á gorra, sacoulle o po á trompeta, que brillaba como nunca, e deitouse cedo para estar ben descansado o día da proba.

Cando espertou pola mañá, Evaristo foi pedaleando no seu carriño cara á entrada do paseo, á espera da hora do concurso público, que sería ao caer da tarde. Foi un día de moita ledicia para toda a rapazada, que puido tomar os xeados solicitados sen que Evaristo se enganase.

Achegábase a hora do concurso. Evaristo pedaleou no seu carriño ata o grande auditorio e deixou pasar toda a xente. Todos os participantes no concurso tiñan un asento reservado. E el sabía que había unha cadeira que poñería: «Evaristo, xeadeiro».

A xente comentaba que viñeran moitos músicos de fóra para participar no concurso e que a competición sería moi disputada. Entre o público había moita xente con instrumentos agardando a que o director pronunciase os seus nomes para subir ao estrado e mostrar os seus dotes musicais.

Evaristo tiña o seu asento nas primeiras filas. Ollaba e escoitaba con entusiasmo os músicos que ían subindo á palestra e tocaban as melodías mellor aprendidas. O director da futura banda permanecía nun extremo do estrado mentres escoitaba os mestres e os futuros mestres. Estirábase e reviraba as puntas do seu delgado bigote, porque algúns non eran precisamente mestres, nin futuros, nin pasados, nin presentes.

Axiña lle chegaría a vez á sección de vento e Evaristo xa estaba facendo exercicios de quecemento de beizos.

De súpeto, as vidreiras do auditorio escureceron e a través delas víronse unhas nubes mouras. Foi un cambio repentino que fixo que o público virase a cabeza para ver o que pasaba. O director da banda tamén virou a cabeza, mentres agarraba a perruca coa man. As pingas de chuvia comezaron a repenicar nas vidreiras.

Mais o director seguía chamando polos músicos.

Pasaron dous trombóns, tres frautistas, varios clarinetistas, dous trompetistas..., e decontado lle chegaría a vez a Evaristo.

As pingas de chuvia batían con máis forza e Evaristo non facía máis que concentrarse no son das pingas contra as vidreiras. Trataba de distinguir os sons altos dos baixos, os que petaban contra o vidro e os que petaban contra o chan.

De socato, o director da banda saíu ao centro e dixo:

—Evaristo, xeadeiro.

As persoas que estaban ao seu lado déronlle co cóbado para que se erguese, xa que el non se decataba. Coma un resorte púxose de pé coa trompeta na man, pero seguía concentrado na chuvia a bater contra as vidreiras, e parecía levar o compás coa man.

O director repetiu:

—Evaristo, xeadeiro –e miraba para el indicándolle que subise ao estrado.

Nese momento, todo o público miraba para el, e el estaba alí erguido coa trompeta na man e semellaba ter a cabeza noutro sitio. E nunca mellor dito, tiña a cabeza na Lúa, na Lúa lueira, nos paxaros da selva e mais no chimpancé, nos géyseres de Islandia, e mais nos ventos xeados que zoaban morriñentos nos altos do Himalaia, en todas as músicas que escoitara nas súas viaxes nocturnas acompañado da Lúa, e nos latexos do

seu corazón. Tiña a cabeza nas pingas de chuvia a repenicar coma campaíñas nos vidros.

Entón, escoitouse o estrondo dun trono e as vidreiras tremeron un intre. Definitivamente, Evaristo non quería perder o fantástico espectáculo musical que estaban tocando as nubes, e saíu polo corredor entre as bocas abertas do público e as voces do director:

—Evaristo, xeadeiro!

Seguiu correndo cara á rúa principal e alí escoitou a chuvia a bater nas pozas e nas pedras, a caer polas gárgolas e os soportais das casas, a repenicar nas ventás. Escoitou os tronos, e todo o conxunto lle soou como a melodía máis preciosa que nunca escoitara. Estaba abraiado gozando dun espectáculo que sempre coñecera pero ao que nunca lle prestara atención.

Evaristo ollou cara ao alto do ceo e viu a Lúa sorrindo. Mollado, coa súa gorra de xeadeiro e a trompeta na man, foi andando cara ao alto do monte Pelouroso.

O ceo comezou a recoller os seus poderosos instrumentos: empezou a escampar, as nubes desapareceron e os tronos calaron.

Evaristo subiu ao penedo máis alto e dedicoulle á Lúa unha misteriosa serenata que estivera medrando no seu corazón, sen el decatarse.

O público do auditorio, que saía detrás do xeadeiro trompetista, puido ver no alto e alto do monte Pelouroso a Lúa movéndose ao compás e un puñado de estrelas bailando arredor.

E no penedo máis alto, alumeado polo luar, víase a figura dun homiño soprando nunha trompeta.

Escribiron  e debuxaron…

Xelís de Toro

Xelís de Toro (Santiago de Compostela, 1962). Publicou os seguintes libros de narrativa: Seis cordas e un corazón, *1989 (co seudónimo de Roque Morteiro; Xerais, 1990), novela, Premio Compostela Cultural;* Non hai misericordia *(1990; Xerais, 2003), relatos, Premio Narrativa Cidade de Lugo;* Terminal *(1994);* Os saltimbanquis no paraíso *(1999), novela, Premio San Clemente en 2000;* The Corunna boats *(Xerais, 2004), novela;* Riofero *(Xerais, 2009), novela e* O gato fantasma *(Xerais, 2013), novela infantil.*

—Vostede é un escritor de literatura para adultos; por que sentiu a necesidade escribir para rapaces e rapazas?

—Xa levo escrito uns cantos libros para nenos de varias idades pero é certo que comecei e estiven máis centrado en literatura para adultos. Aconteceu que cando tiven fillos empezaron a virme ideas para escribir contos para nenos, e ao principio interesábame máis contar contos que escribilos, pero escritor como son, non tardarían en acabar transcritos ao papel.

—Como nace a idea de escribir esta historia e por que escolleu como protagonista o xeadeiro Evaristo?

—Aínda que non semella haber ninguén máis que o recorde, en Santiago de Compostela había un xeadeiro que polas noites ía practicar coa trompeta á praza da Quintana. Non lembro se primeiro pensei no xeadeiro e despois no resto da historia ou ao revés, se primeiro quería facer un conto sobre a música e pensei botar man desde intrépido xeadeiro. Quen me dera saber que foi del e regalarlle un libro. Así, polo menos, podería demostrar que foi certo e non un personaxe da miña imaxinación.

—Que características cre vostede que debe reunir un bo libro para nen@s?

—Isto é un misterio que non creo que se poida resolver nunca. Vouvos contar un segredo que non llo debedes contar a ninguén: os rapaces novos sodes malos de contentar; se algo non vai ben no libro, axiña lle sacades as pexas, pero tamén é certo que, cando vos gusta un libro, agradecédelo moito e dá gusto sabelo. Eu creo que o bo libro ten que ser un libro intelixente porque vós non sodes parvos.

—Que lle pareceu o traballo de ilustración de María Lires?

—As súas imaxes encantáronme porque engaden unha nova dimensión ao conto. Fixo unhas ilustracións moi coloristas e iso fai o libro máis vivo e libre. Gústame particularmente como anda o xeadeiro cando está triste.

María Lires

María Lires (A Coruña, 1973). Estudou na Escola de Artes Pablo Picasso e ten publicados máis de trinta títulos. En Galicia colaborou coas principais editoriais do pais, Ir Indo, Kalandraka, Sotelo Blanco, Galaxia, Everest, Tambre, Edicións Xerais.

—Como ilustradora publicou dous libros con Xerais: Os irmáns Corazón de León *e* O vento de Antón. *Pode precisar cando naceu o seu interese pola ilustración infantil?*

—Que eu recorde, tíveno sempre. Dende nena. Imaxino que é vocacional en todos os ilustradores. Nunca deixei de debuxar todo o que lía, escoitaba ou sentía, así que fun encarreirando esa necesidade ata que descubrín a palabra ILUSTRADORA e lle puxen nome ao que ía ser.

—Que pasaxes do relato lle resultaron máis suxestivas para realizar as ilustracións e que técnica empregou nelas?

—O momento en que a Lúa entra en escena... As súas conversas con Evaristo, as viaxes que fan e o marabilloso final.

Na técnica mesturo texturas feitas á man e *collage*, onde o ordenador serve de «pegamento» e a base é o debuxo a liña.

—Como bosquexa o proceso de ilustración dun libro?

—As imaxes vanse facendo elas mesmas mentalmente coa lectura do texto. É un proceso lento de interiorización. Logo, pasar ao lápiz para bosquexar e rematar a ilustración case se fai só.

—Dende o seu punto de vista, cal é a función da ilustración nos libros para nen@s?

—Creo que se trata de achegar a interpretación do texto a través do imaxinario do ilustrador, pero deixando marxe para que o lector mova eses personaxes a través das palabras do escritor. É un baile a tres.

—*Ademais de debuxar libros, colabora nalgún ámbito relacionado coa literatura infantil?*

—Dende hai anos, veño desenvolvendo obradoiros nos que achego aos nenos e nenas a ilustración en relación cos libros infantís. Tamén como autora, amais de ilustradora, publiquei un libro e teño o segundo no prelo.